AF264182

STANCES

SUR

LES ÉVÉNEMENTS ACTUELS

PAR

A. LEQUERRÉ.

ANGERS

E. BARASSÉ, IMP.-LIB. RUE SAINT-LAUD, 83.

—

1868

STANCES

SUR

LES ÉVÉNEMENTS ACTUELS.

Pourquoi de toutes parts ces soudaines alarmes ?
Les peuples attentifs, près de crier aux armes,
Ne peuvent-ils enfin s'unir et vivre en paix ?
Pourtant on nous parlait en langue solennelle
De repos, de progrès et d'une ère nouvelle,
    Ouverte pour nous désormais.

Les conquérants sont morts, et les masses humaines
Qu'ils guidaient aux combats, dont ils couvraient les plaines,
Plus nombreuses toujours, se tiennent l'arme au bras.....
Leur calme menaçant, pour un peuple invincible
Qui sent toute sa force, est cent fois plus pénible
    Que la tempête et ses éclats.

Car nos soldats à la victoire
Volaient sans souci de la mort ;
Au nom de Patrie et de Gloire,
Ils affrontaient les coups du sort.
Tonnerre de l'artillerie,
Charges de la cavalerie,
Ennemis trois fois plus nombreux,
Rien dans la sanglante mêlée,
De combattants renouvelée,
N'étonnait ces cœurs valeureux.

Puis ils rentraient dans la patrie
Au milieu de cris enivrants,
Lancés par la foule ravie,
Dont le cœur s'ouvre en mille accents.
Jours de bonheur et de délire,
Moments qu'on ne saurait décrire
Où jaillissaient jusques aux cieux
Des transports de reconnaissance,
Où l'âme entière de la France
S'échappait en flots généreux !

Ils trouvaient bien récompensées,
Vainqueurs de tant de nations,
Toutes leurs souffrances passées,
Par ces grandes expansions.
Pour un peuple, quel beau présage,
Quand les vertus et le courage,
Satisfaits, n'attachent de prix,
Après la guerre et la victoire,
Qu'au pur sentiment de la gloire,
A celui des devoirs remplis !

— Mais ces nombreux combats, ces luttes surhumaines
Où tout brille au grand jour, et l'amour, et les haines,
Et les efforts unis du génie et du cœur ;
Tous ces grands résultats de l'humaine énergie
Ont pu de nos rivaux former la stratégie
      Et faire grandir leur valeur.

— Jusqu'à ce jour, grand Dieu ! comment l'ont-ils montrée ?
Pour tout peuple puissant n'est-ce pas loi sacrée
De protéger le faible et d'assurer ses droits ?
Déshonneur ! Pour ravir au Danois deux provinces,
Contre ce petit peuple, ils n'ont pas, ces *grands* Princes,
      Rougi de se réunir trois (*).

Par les armes enfin ces provinces conquises,
Au prix de tant de sang à leur pouvoir soumises,
Ont-elles exprimé leurs prédilections ?
Quant aux Hanovriens, à leurs rois si fidèles,
Ils sont pour leur vertu traités comme rebelles,
      Déchus du rang des nations.

Pendant qu'un peu plus loin, autre ambition veille (**)
En rêvant l'Orient et....... l'Europe, ô merveille !
Malgré la foi jurée elle a pu s'agrandir,
Mais aux dépens, hélas ! d'une noble victime,
Symbole du malheur, et dont le nom sublime
      N'est bientôt plus qu'un souvenir.

(*) En comprenant dans cette expédition les troupes envoyées par la Confédération Germanique.

(**) La Russie.

Dieu juste, tu les vois, ces grandes injustices,
Toi, source de tout bien..... N'est-il pas de supplices
Pour punir ici-bas, arrêter ces forfaits ?
Quand nous suivons tes lois, et que tu nous contemples,
Tous les peuples divers ne sont-ils pas des temples
   Pour te bénir de tes bienfaits ?

Lorsque monte vers toi cette humaine harmonie,
Comme aux jours primitifs, la terre rajeunie
Ne reçoit-elle pas un sourire de toi ?
Dans l'homme ambitieux quelle audace, quel crime,
De briser les accords de ce concert sublime
   Des peuples heureux sous ta loi !

« Forte de mes seuls droits, dit la Pologne en larmes,
» Je te priais, ô Dieu, d'accorder à mes armes
» L'infaillible secours de ton bras tout-puissant.
» Quand pour ma liberté mes fils mouraient sans plainte,
» Tu n'as pu condamner une cause aussi sainte
   » Et leur généreux dévoûment.

» Pourtant ils sont tombés ces martyrs....... et leur gloire
» Ne rayonnera plus qu'aux fastes de l'histoire
» Qui redira leurs noms, leur effort surhumain ;
» Car l'Europe, à l'aspect de la lutte héroïque
» D'un grand peuple qui meurt sous un joug tyrannique,
   » Gémit sans me tendre la main.

» J'eus de l'espoir un jour que leur aréopage
» A mes droits reconnus consacrait une page,
» Lue à tout l'univers, d'un solennel traité (*):
» Nos autels et nos lois, toute une autonomie
» Etait pour nous dès lors assurée, affermie.....
   » Vain fantôme de liberté !.....

» Au sortir des serments on a rivé ma chaine.....
» Lâche dérision, résultat de la haine
» Qui fermentait au cœur de mon cruel tyran.....
» A mon calice amer manquait-il cette absinthe ?
» Manquait-il, pour outrage à la liberté sainte,
   » Le mépris d'un sacré garant ?

» Tout récemment encore, la généreuse France
» Proposait un congrès où pour ma délivrance
» Elle eût assurément fait entendre sa voix.
» Encore un vain espoir ! Cet appel sympathique
» Qui n'avait qu'un seul but : la concorde publique,
   » N'eût pas l'assentiment des rois.

» De plus en plus, hélas ! je descends à l'abîme.....
» Tout acte à mon égard est injustice, crime,
» Et sur moi chaque jour retombe comme un plomb.
» Mes fils sont exilés, on outrage mes filles.....
» On a jeté le deuil au sein de nos familles.....
   » ET POSÉ LE PIED SUR MON NOM....

(*) Traité de Vienne.

» Et le monde regarde..... et dans mon agonie
» J'implore la justice..... Est-elle donc bannie
» Pour laisser aux pervers un empire assuré ?
» A cette triste terre est-ce un adieu suprême ?
» Le monde subit-il le coup d'un anathème,
          » S'il n'y reste rien de sacré ?

. . . .
. . . .

» Mais, au fond du malheur, je garde une espérance,
» Une immortelle foi, c'est que la Providence
» Un jour relèvera le drapeau polonais ;
» Car un peuple ne meurt que lorsqu'il dégénère
» Et qu'il laisse, avili, de sa vertu première
          » La flamme s'éteindre à jamais.

» Or, mes nobles enfants, dans nos grandes batailles,
» De tant de maux soufferts nos seules représailles,
» Ont certes bien montré la valeur de leur sang ;
» Ils ont assez montré qu'un cruel esclavage,
» Loin d'affaiblir leur âme, amortir leur courage,
          » Les a mis à un plus haut rang.

» Non, tyrans, non, le Ciel n'est pas sourd à ma plainte.
» Vous pouvez, croyez-vous, méprisant sa loi sainte,
» Méconnaître mes droits, me fouler sous vos pas ;
» Mais étouffer un peuple....... Ah ! cet acte exécrable
» Est réprouvé du Ciel, et votre main coupable,
          » Bourreaux, ne l'accomplira pas. »

. . . .
. . . .

En effet, il a cru, ce peuple téméraire,
N'avoir pour tribunal que celui de la terre,
Où tout succès est juste, où la force est le droit ;
Mais tes cruels tourments, Pologne infortunée,
De la main du Malheur nation couronnée,
      Seront vengés, car Dieu les voit.

O chétifs conquérants, ouvrez, ouvrez l'histoire,
Et voyez comment Rome usait de la victoire,
Avec quelle grandeur elle a su conquérir,
Rome qui dans cet art a concentré sa vie,
Et dont chaque pensée est un trait de génie,
      Un phare à ne jamais faillir :

Tandis qu'en Orient elle porte ses armes,
Des enfants de la Grèce elle comprend les larmes
Quand ils pleurent, vaincus, l'antique liberté :
« Ah! dit-elle en voilant le dessein qui l'anime,
» Qu'il soit heureux par moi ce peuple magnanime.....
      » Et rendons lui sa dignité..... »

Puis paraissant soudain dans un grand jour de fête :
« Lève, proclame-t-elle, oui relève ta tête
» Que doit orner, ô Grèce, un immortel laurier.
» Sois libre, je le veux..... Car ton indépendance,
« Pour laquelle on te vit montrer tant de vaillance,
      » Manquait à mon triomphe entier..... »

C'est ainsi que l'on parle, alors qu'on est le maître,
Et surtout, ah! surtout qu'on est digne de l'être
En portant dans son cœur les titres du pouvoir.
Profitez des leçons de ces maîtres du monde ;
Ils en ont transmis une et sensée et profonde :
   Unir la grandeur au vouloir.

Et comment en effet dans le siècle où nous sommes,
Imposer son empire et gouverner les hommes
En voulant étouffer leurs élans généreux?
C'est montrer que soi-même on n'y peut rien comprendre,
Que du rang de grand peuple on ne peut que descendre,
   Qu'à la gloire on ferme les yeux.

Rois absolus, passez..... Vos règnes éphémères
Ne font que soulever et les plaintes amères
Des peuples opprimés, et leurs cris déchirants.
Méprisez ces *clameurs ;* mais le nuage gronde
Qui porte dans ses flancs la vengeance du monde,
   La fin du règne des tyrans.

Tout milite pour nous dans la guerre livrée
Au nom de la justice et de la foi jurée ;
Qu'elle éclate après tout par leur ambition !
C'est le monde en progrès contre la barbarie ;
C'est la force ou la loi..... mais la loi, c'est la vie
   Au cœur de toute nation.

Ton rôle est tout tracé dans cette guerre sainte,
France, qui de tout temps l'as accompli sans crainte
Par ton seul dévoûment et pure humanité.
Dans toute ta grandeur ils te verraient paraître,
Fière, comme jadis ils ont dû te connaître
   Quand tu fondas ta liberté.

. . . .

. . . .

Et pourtant tu rêvais, ô grande et noble France,
Pour l'univers entier, — hélas! vaine espérance! —
L'industrie et les arts, le commerce et la paix.....
Tu voulais leur montrer que les peuples sont frères.....
Qu'ils doivent vivre unis, être tous solidaires,
   Et ne se vaincre qu'en bienfaits.....

Juin 1868.

Angers. — Imp. E. Barassé.